KB151016

웃고 공감하며 보낸 삼 년의 기록

둥근 고을에서 산 하루

시 **김장기**

도서출판 **생각풀이**

프롤로그

끝내 다짐까지 어겼습니다. 볼품없는 글은 그만 쓰겠다며 다짐했는데, 마음대로 되지를 않았습니다. 잠시였지만, 너무 부끄러워 시詩와는 결별을 선언했습니다. 눈과 마음으로 시감이 솟아날 때에는 다른 생각들을 떠올렸습니다.

하지만 아무리 생각을 잘라내도 소용없었습니다. 시를 그만 쓰겠다는 것은 사치였습니다. 내가 살아 있는 한, 어느 곳에 머물던지 엉터리 시라도 써야만 했습니다.

나의 삶의 인연들은 시詩로 살아났습니다. 노트북 자판은 시어들을 타고 정겹게 굴러갔습니다. 실오라기 같은 문장과 낱말을 훔쳐내며, 생각과 감성을 꿰매었습니다.

내가 머무는 곳이 어디이든 시를 쓰는 사람으로 살아야만 했습니다. 낯선 땅에서 정착하며 살아가던 그날 그때의 일들, 그 시간을 기록한지 만 삼년이 지났습니다. 내가 둥근 고을에서 삼년을 하루같이 보낸 세월이었습니다.

문득 내겐 하루의 삶이란 생각이 들었습니다. 오전 한나절과 오후 한나절을 보낸 것만 같았습니다. 만 삼년의 시간들을 뜬구름 같이 보냈어도, 내겐 또 다른 하루였습니다.

하나님께서 허락하신 나의 삶이었습니다. 나의 하루는 수많은 대상들과 함께였습니다.

누군가와는 공감하며,

누군가와는 나누며,

누군가와는 웃으며 보냈던 삼년,

나의 삶이고 생애였습니다.

내 인생에서 낯선 도시의 정착과정을 풀어놓은 이 시집을 함께 나눌 수 있기를 기원합니다.

감사합니다.

2021. 11

달샘 배상

CONTENTS

제2편 오후 한나절 _51

제1편
오전 한나절

인생

말없이 걷다가
웃다가 울다가

말없이 걷다가
울다가 웃다가

사는 게
누구이든 같다며

나도 인생길에 서서
눈물겹게 해보았습니다.

원주산 네비

처음 살려고 왔을 때에는
단구동 롯데시네마 거리만이
나의 놀이터였습니다.

조금 멀리 나갈 때에는
자동차 네비게이션이
내 눈이고 길이며
나들이의 나침판이었습니다.

하지만
이제는 숨겨져 있던 길들이
내 눈에도 속속들이 보였습니다.

소초면 가는 길도
신림면 가는 길도
지정면 가는 길도
호저면 가는 길도

한동안 함께 살면서

이곳저곳 보고 또 보았더니
원주시 곳곳은 눈만 뜨고도
쉽게 찾아갈 수 있는
행복한 인생 놀이터였습니다.

장님 같았던 내 눈이
몇 년 사이에
놀랍게 업그레이드가 되었는지
곳곳의 보물섬을 찾아가던
원주산 네비였습니다.

회상

눈으로 볼 수는 없어도
잊어지지 않는 굴레

여기
저기
거기
가는 곳마다 새겨진
빛바랜 나의 기억들

시간이 흘러가도
그 자리에 서서 울먹거립니다.

시인의 삶

일기를 쓸까
시를 쓸까

한참을 망설이다가
일기보다 시를 쓰고 싶다며
하루 이야기 몇 줄 써놓고

짧은 일기인데도
시poet라며 우겼습니다.

송내과 가는 날

왜 아픈 것인지
그분께 이유를 세차게 물었습니다.

작은 바람에도
나뒹굴 것만 같은 휘어지고 여윈 몸이
나 때문인 것만 같아서
매달 송내과 가는 길이 울컥거렸습니다.

한 달에 약 한바구니 씩
힘겹게 노년을 이어가던 삶의 연장선

때론 성가신 육신 뒤로 깊은 한숨들이
허공 속을 바늘같이 찔러 왔어도

오히려
약 타러 가는 길이
번거롭게 할 것 같아서 미안하다며
속마음을 삼키던 어머니의 세월

그날그날 몸서리치던 약기운들은
무거웠던 인생을 점령하고
허리어깨무릎, 그리고 손발까지
전신을 타고 흘러갔습니다.

모진 날들이 흘러내리고
또 흘러내리면
내게도 똑같은 자리에 서서
속마음을 삼켜야만 하는
부정의 시간들이 있을 것입니다.

내 어머니처럼
한 달에 한 번씩 송내과 가는 날에

마음

과거의 시간들은
세월을 담아 놓아도
인연을 담아 놓아도
텅 빈 허공 속에 매달렸습니다.

가라앉지 않는
마음 속 허허벌판에는

누구를 담아야만 할까요.
무엇을 담아야만 할까요.

지워도 지워지지 않는 생각들은
허공 속을 떠다녔습니다.

떡볶이 파티

졸깃한 맛에는

아빠도 한 입

매콤한 맛에는

엄마도 한 입

달콤한 맛에는

큰 딸도 한 입

오묘한 맛에는

작은 딸도 한 입

우리 집 식탁은

모두모두 젓가락 행진

부부1

잠시 빛바랜 침묵은 눈꺼풀을 풀어 놓고
새해의 눈부신 햇살들이
성원부동산 창가의 전시용 매물전단지 사이를
비집고 들어섰습니다.

이미 퇴화된 나의 기억들을 되살려 놓듯이
아파트 매물딱지는 매매 전세 월세 등
여러 가지 낱장 같은 조건들이 붙어 있어도
출입문 위에 크게 왕王자처럼 써놓은
땅이라는 말 한마디보다는 못했습니다.

본래 태생부터 똑똑한 것과 미련한 것
또는 큰 것과 작은 것과는 구별 없이
먹고 사는 일에도 귀천이 없다고 했는데
가끔 부동산 사무실 보조로 일하는 나는
어여쁜 여사장이 부럽기만 했습니다.

내 아내이기는 해도 품 삯 받는 계산기는
늘 그녀의 손목에서 뛰어 놀고

나는 속이 텅 빈 강정과도 같이
창가를 휩쓸고 지나가던 바람만 세고 있었습니다.

언젠가 내가 하는 일도
왕[王]자처럼 새겨진 거부의 땅이 될 수 있다는
새해의 눈부신 희망,
나는 오늘도 꿈꾸며
아내는 늘 계산하며 함께 살았습니다.

그래도 과거의 함박눈이 내리던 어느 날
철없는 꿈쟁이와 백년가약을 맺었다며
한 번 맺은 영원한 언약 때문인지
그녀와 나는 원앙이었습니다.

부부2

뛰고

또 뛰어도

눈앞의 목적지는 보이지 않았습니다.

언젠가 부부 사이에도

끝이 있을 것이라는 인생 종착역

함께 두 손잡고 뛰어가는 시간들이

행복 노선이었습니다.

미스터 트롯

평창 꼬맹이 잠언이부터
왕관을 쓴 영웅이까지
사람들 눈가마다
눈물샘을 터뜨렸습니다.

몇 달째 아침에 일어나서
밤늦게 잠이 들 때까지
영탁이 호중이 찬원이
그리고 영웅이와도 함께 놀았습니다.

밤새 우리끼리 놀았다며
아내가 뿔이 났습니다.

모녀

나이를 먹고 또 먹으면
다 큰 딸이 눈앞에 버젓이 서 있고
이제야, 정말 이제야
엄마 얼굴의 깊은 시름이 느껴졌습니다.

이전까지는
작은 몸살 끼만 느껴졌어도
유달리 호들갑을 떨며
정말 편안한 백성답게
내가 하고 싶은 일들만 다하며 살았는데

나와 똑 닮은
철없는 잼뱅이를 보며
아아, 그때에도 이랬겠구나 싶어
가슴을 쓸어내리던
엄마의 삶이 새겨져 있었습니다.

왜 그 때에는
철도 없이
눈치도 없이
나를 위한 즐거움만을 찾았던지

정말 이제야
다 큰 딸의 뻔뻔한 얼굴을 보며
내 얼굴 위에 새겨진
엄마의 주름이 느껴졌습니다.

내 엄마에게서 나에게로
나에게서 내 딸에게로
모녀의 뻔뻔함은
판박이 정감을 타고 흘러갔습니다.

나는 벌써 엄마가 그립고
언젠가
또 다시 이런 날이 되면
내 딸은 누군가의 얼굴을 보며
내가 무척 그리워질 것입니다.

엄마와 나와 딸은 서로 마주보며
삶의 방식을 공감하던
모녀의 유전자를 이어갔습니다.

*p.s. : 박정하 권사님의 딸을 위한 그리움을 담다.

몽유병

왜 잠이 들면
세상을 점령하고 있는
거대한 몸짓들이 눈에 보이는 걸까요.

내가 살고 있는 둥근 고을
내가 서 있는 자리는
겨우 반 평 남 짓
별로 크지도 않은데

수억 년 빛의 속도로
날아온 별빛들은
끝없이 나를 반기고 있는데

왜 잠이 들면
거대한 몸짓들만 보이는
내 마음은
몹쓸 몽유병에 걸린 걸까요.

하루를 살아도

내 꿈은 세상보다

더 커야만 한다는 것을

아침에 눈을 뜨며 깨달았습니다.

나는

밤새 미련 곰탱이였습니다.

꿈속에서

선잠을 깨고 나니 누구였는지
무척 궁금했습니다.

머리가 긴 우렁각시라는 미련이
막연하게 떠오르던 꿈 속

내 발을 씻겨주던 포근한 손 길
문득 꿈결에 스쳐가던 생각에는
아마도 예수님일지도 모를 일이었습니다.

옆구리에 하얀 수건을 매달고
무릎 꿇고 낮아진 저렴한 모습으로
때 묻은 내 발을 말끔히 씻어 주었습니다.

내 발마저도 따뜻하게,
또는 아름답게 섬겨 줄 수 있는 이는
과연 누구였을까요.

잊혀 지지 않는 미련 때문인지

꿈에서 깨어나지를 말 걸
꿈에서 깨어나지를 말 걸

꿈 속 야릇한 생각이 너무 아쉬워
다시 꿈속으로 들어가려고
무작정 선잠을 청했습니다.

그럴수록 내 눈동자는 더욱 커지고
날은 점점 새벽 동요를 힘차게 부르며
죄 많은 세상으로 이끌고 갔습니다.

이미 발까지도 깨끗이 씻었는데
태양은 나의 미련을 밀어내며
치악산 산봉우리를 힘 있게 올라섰습니다.

순간, 꿈속에서도 날이 샜습니다.

알람시계

다른 세상에서
신바람 나는 꿈을 꾸다가
갑자기 깨어났습니다.

가끔 야단법석을 떨어
다시 깨어났습니다.

비몽사몽간에도 다독이고
또 다독였는데도

울고 또 울어 되던
고집쟁이였습니다.

가을편지

가을이 오면 구름에게
편지를 쓴 일이 있었나요.

바람은 우편배달부가 되어
내 마음을 싣고 날아오르며
날이 밝을 때부터
해 지던 노을 끝자락까지
북서향의 구름들에게
그리움을 전했습니다.

하루 종일 쓴 연애편지는
내 사랑
오직 그대뿐이라며
서툰 고백이었습니다.

구름들은 내 편지를 받고
아직도 설익은 고백에 화가 났는지
오후 내내 구름 한 점 없이 푸른 날
바람들도 사직서를 냈는지
태양만이 홀로 떠 있었습니다.

봄이 오는 날

겨울 다음의 봄이 저기 오네요

두툼한 외투를 벗고
따뜻한 발걸음들이

흥겨운 햇살을 맞으며
노란 꽃씨를 넣은 배낭을 메고

애써 봄철에 늦지 않으려고
종종걸음으로

겨울 다음의 봄이 저기 오네요

햇살

하늘에서 땅으로 내려올 때는
투명하고 밝은 빛이었습니다.

하지만

내 마음에 와 닿는 그 순간에는
육각형의 눈부신 별이었습니다.

봄의 향연

봄에는 나무가지들이
사방에서 관객들을 끌어 모으며
온 몸으로 삼바 춤을 추었습니다.

물이 오른 날 가지들은
길게 뻗은 만큼
앙상한 뼈대를 타고 오르며
봄기운들이 환호를 외쳤습니다.

봄이 왔음을 알리려고
열띤 나무타기 경연이
들판 곳곳에서 이목을 끌며
물 오른 흥겨움이
바람을 타고 나무가지를 올라갔습니다.

비좁고 그늘 진 공간에는
아직도 추위를 씻어내지 못하고
잿빛으로 남아 있던 겨울 찌꺼기들

애기손톱 같은 꽃 몽우리들이
솜털 같은 입김을 쏟아내며
이내 마음껏 춤추던 봄의 향연

내 마음에는
벌써 봄꽃들이 활짝 폈는지
전신이 나른하게 풀리던 오후 한나절
때를 잊은 벌떼들이 날아다녔습니다.

부부 싸움

지난밤부터 칼날을 갈고
아침까지 칼끝을 겨누었습니다.

지금까지 살아오면서
어디든 찔러야만 할 것 같아서
인정사정없이
칼끝을 들이 밀었습니다.

함께 살아온 탓인지
아내의 양손에는
이미 묵직한 방패와 창이
버젓이 들려 있었습니다.

나는 찔렀고 아내는 막았고
아내는 찔렀고 나는 못 막았고
언제나 칼끝은 나를 찔렀습니다.

싸울 때마다
매번 무방비로 당하기만 하던 나는

어떤 날에는
무척 어리석게만 보였습니다.

나이를 먹어도
가끔 말다툼하고 싸우는
나는
아직도 철없는 애늙은이인가 봅니다.

고백

훨씬 따뜻한 날씨에 태어났어도
폭풍한설暴風寒雪이 몰아치던 겨울날에는
당신과 함께 있을래요.

이번 늦가을 오일장에는
설익은 감 한 짝을 사서
늦가을 오후의 햇살을 더듬으며
처마 밑에 곱게 말리고 말려

추운 겨울날씨에
폭풍한설 몰아치던 한 밤중에
깊은 동면의 시간에
그대와 마주보며

옛이야기를 주고받으며
내 사랑아 사랑아
목 놓아 부르고 또 부르며
냉기어린 계절을 함께 보낼래요.

그리워하며 산 날들은

훨씬 냉기어린 날이니까요.

처갓집 나들이

활짝 핀 부부 얼굴을 보았습니다.

한 핏줄 한 울타리에서 살았던
오랜 기억들을 이끌고 와서
철마다 때마다 처갓집에 모여
흥겨운 제비 노래를 불렀습니다.

해가 바뀌고 계절이 바뀌어도
연례행사를 치루듯이
사방에서
제 집을 찾아
힘든 내색도 없이 쌍쌍이 날아왔습니다.

봄이면 씨앗파종 산나물 참두릅을 삶고
여름이면 휴가철 물놀이 송사리 떼를 잡고
가을이면 가을걷이 김장 무 배추를 뽑고
겨울이면 설 명절 눈사람 떡국을 먹으며
여우재 고개를 넘고 또 넘으며
계절 속의 긴 시간을 함께 몰려왔습니다.

부천에서 개인택시를 몰던 큰처남은
기둥 같은 아들이랍시고
아침 일찍이 딸딸이를 몰며
재 너머 밭으로 감자 심으러 가고

수원 사는 토목장이 작은 처남은
촉망 받는 아들이랍시고
날렵한 농기계를 들고
허름하고 비틀어진 집수리를 하고

시흥 부평 살던 손위 형님들은
느긋한 오후 같은 아침 한나절
문풍지 햇살이 방끝으로 스며들 때까지
백년손님 운운하며
창백한 술기운에 헛기침 기상나팔을 불고

모두들 때 지난 아침 끼니가 아쉬웠는지
산골 처마 밑 주방으로 들어서면

불가에서 전 부치던 외숙모 이모들은
철부지 모양새는
사윗감 심사 받으러 왔던
그때나 지금이나 그놈이 그놈이라며
떼거리로 몰려다니던
얄궂은 수놈들이라며 핀잔을 주었습니다.

누가 봐도 그놈이 그놈인지라
오전 한나절은 헛기침을 쏟아내고
오후 한나절은 술병을 깔고 앉아
때마다 생소주 막걸리를 퉁 치다보면
재 너머 고개 너머
낯선 도시로 돌아가야 할 애꿎은 시간

또다시 만날 날을 기약하며
한 집 두 집 처마 밑을 떠날 때까지
흥에 겨워 지즐거리던 시골집 앞마당
제비 부부들은
곧 호박씨 물고 다시 만나자며
날짜 없는 선약만을 가득 채웠습니다.

그 집이
내겐 백년가약 처갓집이었습니다.

괜찮겠지요

잠시
그리움만 붙들고 살아갈래요.

아무 것도 소유한 게 없으니
이제는 그리움을 품고 살아갈래요.

때론 한줌의 눈물은 괜찮겠지요.
때론 한줌의 미련은 괜찮겠지요.

돌이킬 수 없는 참회의 강을 건넜으니
이제는 그리움을 껴안고 살아갈래요.

회개의 시간

먹고 사는 일 때문에

온갖 죄를 지은 것뿐이라며

한 치의 흔들림도 없이

침묵하던

하늘과 땅과 도시의 광경

세상 곳곳은

하나님의 날선 군기에 사로잡혀

긴장감이 감돌던 침묵뿐이었습니다.

모두들 무릎 꿇고 엎드려

긴 회개의 시간을 맞았습니다.

바람 한 점 없는 날

오늘만큼은

나도 침묵 중이었습니다.

첫눈

겨울이 되니
하늘에서 첫눈이 옵니다.

짙은 눈 맞춤에 맛이 간 회색빛 도시
사래기 꽃잎처럼 흩날리던
사람들의 하얀 눈꽃 이야기들

아이들은 흥겨운 환호를
연인들은 애틋한 사랑을
중년들은 따뜻한 추억을
노인들은 의젓한 인생을

세찬 눈보라를 타고 날던
회상의 시간들

앞선 봄여름가을 속에 감추어 놓았던
겨울 꽃잎들이 우수수 떨어졌습니다.

첫눈이 오니 제철을 만난 듯이
겨울 감성들이 하얗게 피어났습니다.

둥근 회색빛 도시는
겨울철 눈꽃 축제를 열었습니다.

따순 밥

하루 중의 보릿고개에는

때만 되면

배꼽시계를 알렸습니다.

꼬르륵 꼬르륵 허기짐의 트림들

알람소리가 되어

밥 먹을 시간을 가로채면

구들장 밑 깊이

뜸들이던

따뜻한 온기 한 사발

눈으로 흘깃

냄새로 흘깃

맛으로 흘깃

엄마의 손길을 품고

나를 기다리던

삼세번의 기억이었습니다.

달빛 가로등

동서를 가로질러
멀리 온 것만 같은데

그 곳 그 자리에는
서툴게 살아가던
갯벌가의 달빛 그림자들

짙은 밤하늘 아래
은은하게 빛나던 그 거리
일렬로 늘어선
제부도의 갯벌 달빛들

어둠을 울타리 삼아
한 바퀴 빙그레 돌고나면

어떤 곳은 흥겨움의 기억이
어떤 곳은 그리움의 기억이
파도소리를 품고
곱게 서 있던 나의 기억들

어둠이 짙게 내려도

파도소리에 출렁이던 달빛들은

시간이 흘러갈수록 더욱 빛났습니다.

간이 계절

눈부신 태양이 하루 이틀도 아니고
세차게 창문을 뚫고 밀려오는 것은

창백한 얼굴이 안쓰럽고
삶 중에서도
덧 버섯 꽃이 활짝 핀
퀭한 얼굴이 서글펐기 때문입니다.

태양이 떠오르면
온 몸으로
앞선 계절을 떠나보내고
뒤따라오던 계절을 맞이하며
일그러진 앞선 계절을 끌어안는 것은

계절과 계절 사이
안개 낀 간이역에 서 있던
나의 그리움 때문입니다.

아직도 기약 없는 시간을 모른 체

계절은

어느 새 훌쩍

봄이 없는 여름으로

가을이 없는 겨울로

게눈 감추듯이 줄행랑을 치고

내 곁을 떠나간 세월들이

북받쳐 오를 때면

계절과 계절 사이에 서서

줄곧 이상 징후 현상을 느꼈습니다.

나만 그런 게 아니었습니다.

이른 봄과 늦가을도

알듯 모를 듯한 시간의 간극 속에서

일그러진 계절을 보냈습니다.

제2편
오후 한나절

원주사람

몇 년 째 제 자리 걸음을 걷고
꿈쩍하지도 않더니

세월이 흘러가고
때가 되니
부유한 원주사람이 되었습니다.

갑자기 큰 숲을 일구어 놓은
모소대나무처럼
길에서 만나는 사람들이
무척 반가웠습니다.

그렇게 살지는 마세요

깜박거리던 파란 신호등
허겁지겁 건너가던 사거리 길목에서

급한 일로 뛰어가다 보면
먼저 하늘나라로 갈 수도 있어요.

정지신호를 어긴 불법 차량들이
앞뒤 구별도 없이

빨강불에는 멈춤
황색불에는 조심
파랑불에는 통과

제대로 분별하며
언제는 멈추었던 적이 있었나요.

사거리 신호등 한 바퀴 돌고 돌아도
기껏해야 오 분밖에 안되는데

성급하게 횡단보도를 건너가시는 분
삑~거기 서세요!

유치원생도 다 아는 교통질서를
다음부터 철없이 건너지는 마세요.

올빼미네와 떡볶이네

한 채의 상가주택에는
살을 맞대고 함께 살던
위층 미네르바의 올빼미네와
아래층 매운 떡볶이네

팥죽 한 그릇에도
떡볶이 한 국자에도
김밥 한 줄에도
서로 야물딱지게 입맛을 다졌습니다.

거칠게 살아온 세월과는 달리
한 몸처럼 찰싹 붙어서
방긋방긋 웃고 있던 이모티콘들

서글프고 애처로 와도
삶을 한 그릇씩 나누어 담았습니다.

얼핏 보면
어울리지도 않게 함께 정들어 산다며

몹쓸 못난이 소문들이
시장바닥을 휩쓸고 지나갈 것만 같은데도

오랫동안 함께 살았던 탓인지
부자연스럽고 어색해도
윗집 아래 집이
덧난 말도 없이 곱게만 살았습니다.

이웃사촌으로 산다는 것은
두 집이 서로 다른 업종이어도
한 집처럼 사는 일인가 봅니다.

비로봉에서

신발 끈을 힘껏 묶고
한걸음씩 치악산을 올랐습니다.

선뜻 나를 반기는 것들은
푸른 하늘과 지평선과
바람과 고요의 시간들

비로봉 정상에 앉아
한동안 눈 뜨고 귀 열며
살아온 날들을 돌이켜 보니

원래 내 집은 어디였는지
열린 산이었는지
막힌 도시였는지
쉽게 분간할 수가 없었습니다.

돌아가기 싫은 산 아래
눈멀고 귀 막은 내 집
빽빽하고 좁쌀만 한 건물들이
나의 오감을 막고 서 있었습니다.

작은 거인의 꿈

땅딸막하고 아담한 체구여도
마음속에 품은 거인의 꿈은

교항리도
둔둔리도
수암리도
의관리도
장양리도
평장리도
학곡리도
흥양리도

그저 작기만 한가 봅니다.

하긴 꿈꾸는 일은
크면 클수록 좋다고 했으니

하늘만큼 땅만큼
원주시민을 위한 큰 꿈을
치악산 기슭에 심어놓았습니다.

섬강

너무 그리워하고
그리워하면
섬강처럼 푸르게 멍이 듭니다.

나의 그리움을 어떻게 알았는지
내 곁에 함께 있다가
나보다도 더
푸르게 물든 섬강 나들목

가을날의 멍든 기억도
함께 담아 놓았습니다.

시내버스

무작정 금대리를 가고 싶었습니다.
낯선 정류장에서 그대를 기다렸습니다.

기다리고 기다려도 끝내 오지를 않더니
잠시 화장실을 갔다 온 사이에
그 틈새를 뚫고 쏜살같이 지나갔습니다.

오랜 기다림 속에도 여운을 남겨놓고
눈 깜짝할 사이에 훌쩍 떠나가 버린 그대

대중교통 길찾기 경로검색을 하며
한참을 기다려야만 하는 나는
낯선 버스정류장의 망부석이었습니다.

다림줄

아침부터 쿵쾅쿵쾅
청바지 차림의 목수 김씨는
울타리 공사를 하다가
가만히 서서
심부름 하던 나이 많은 잡부
최씨를 불렀습니다.

"최씨, 이거 다시 잘라야 겠어"

목수 김씨는 다림줄을 자기 옆구리에 차고도
울타리가 구부러져 보였는지
엉거주춤 서 있던
자기 몸이 활처럼 휘어진 것도 모르고
비 뚫어진 등허리를 곱게 펴기 위해
죄 없는 울타리 밑 둥만을
재고 자르고 또 잘랐습니다.

목수 김씨는 자기 탓인 줄도 모르고
울타리 가에 서서

목수 최씨를

목수 이씨를

목수 조씨를

번갈아 돌아가며

부르고 또 불렀습니다.

대충 눈대중으로 산 굽이진 인생살이

죄 없는 울타리 밑 둥만을

끊임없이 자르고 또 잘랐습니다.

치악산 안개 1

새벽 눈을 뜨면

하늘에서 세상으로 내려온 것 같은

하늘에서 땅으로 내려온 것 같이

하늘에서 치악산으로 내려온 것 마냥

날이 환하게 밝아올수록

서서히 제 모습을 드러내며

맞바람을 타고

다시 돌아가던 하얀 구름기둥들

비 온 뒤이면
허기진 하늘이 목이 말랐던지
흰 구름기둥을 골짜기마다 박아 놓고
치악산 생명수를 빨아올립니다.

커다란 구름기둥을 타고
천상에서 치악산까지
물 뜨러 왔던 순환 여객선은
모양도 크기도 제각각입니다.
포만감이 물든 하얀 증기선이
바람을 타고 천상으로 돌아갑니다.

치악산 안개 2

하늘에서
낯선 손님들이 떼거지로 몰려왔습니다.

흰 여울이 빚어내던
폭포수 같은 산수풍경화 한 점

밤새 폭우가 쏟아진 여름날엔
이때다 싶었는지
눈만 뜨면 계곡마다
맑은 묵 빛이 깃들었습니다.

치악산으로
하얀 손님들이 놀러올 때면
나도 폭포수처럼 쏟아지던
하얀 설레임을 한가득 품었습니다.

치악산 안개 3

함께 보낸
인연이 아쉬웠는지

끝내 미련이 남아
하늘로 돌아서지 못하고

비로봉 끝자락부터 금대리까지
날렵하게 붓 칠을 섞어가며
산수화 병풍을 그렸습니다.

자투리 여백은
바람을 타고 도심까지
길게 늘어선 하얀 군무들의 행렬

아침부터 쏟아지던 도시의 경적소리에
하얀 순결을 지켜야만 했는지
삶의 무게가 버거웠는지
이내 빌딩 숲 사이로 숨어버렸습니다.

종합운동장

원주시 명륜동 종합운동장
사계절 내내 건강유지를 위해
원형 트랙을 돌고 도는 사람들

두툼한 마스크로 얼굴을 가린 체
두 팔을 기계 톱니바퀴와도 같이
위 아래로 걸음에 맞추어
운동장을 걷고 또 걷는 아가씨들

헐렁한 체육복 차림으로
몇 걸음에 한 사람씩 따돌리고
거친 호흡을 헐떡거리며
끼리끼리 뛰어가던 청소년들

단아한 남청색 계열의 똥배 부부들
앞뒤 일정한 거리를 유지하고
앞으로 살날을 기대하며
나란히 걷고 있던 비만 부부들

우리 집에도 밤만 되면
거실 한쪽에서 회오리바람을 일으키며
굵은 원형트랙을 돌고 돌던 훌라후프

때론 건강하게 사는 것보다
날씬한 몸매로 살고 싶은가 봅니다.

삼성화재 보험설계사

그녀는 언제부터 자기 본업에 충실할 것인지
주저리주저리 너스레를 떨다가도
자기무용담을 쏟아놓기에도 바쁜 영선 씨

입가에는 밝은 미소를 머금고
햇살같이 맑고 도톰한 얼굴로
손짓발짓 열정이 흘러 넘쳤습니다.

때론 바보스러운 것인지
자기 주가가 뚝뚝 떨어지는 줄도 모르고
숨 김 없이 유부녀라는 것을 밝혔습니다.

겉은 주저리 같고 속은 텅 빈 강정 같은데도
산란철 회귀하던 연어를 닮았는지
힘껏 꼬리에 힘을 주며
말끝마다 물길을 차고 올라가던 상승기류

제 딴에는 힘겹게 산 날들이 기특했는지
한 번쯤 외딴 곳에서도 힘껏 살아 보았다며
인생 샛길로 빠졌다가 돌아온 무용담을 풀어내며
한껏 마음은 들떠 꼬리를 활짝 폈습니다.

겉은 주저리 같고 속은 텅 빈 강정 같은데도
본업인 손해보험 이야기보다는
삼성화재 주가가 올라야지만
자기 주가도 덩달아 뛰어 오르는지
말끝마다 삼성, 삼성, 삼성
이제는 별들의 노래를 불렀습니다.

매번 쉬는 시간도 없이
두 시간을 꼬박꼬박 채워가며
온전히 부끄러움도 잊은 체
이것저것 별나라 이야기를 쏟아냈습니다.

은하수 총총히 빛나던 별나라에서도
실컷 살고 싶은가 봅니다.

반계리 은행나무

얼마나 고래심줄이면
천 년의 세월을 한곳에 앉아서
맨 몸으로 거센 비바람을 맞으며
가지가지 뻗어가며 살아왔을까요.

가지 많은 나무는
바람 잘 날이 없다고 해도
시류에 입방아를 찧던 못난 행동들이
바람 든 말인 줄을 알면서도

천년을 다 살지는 못했어도
힘겹게 먹고 살아가는 일들은
백년 살이 근심인 것을 알고는
그저 모르는 척 했습니다.

봄여름가을겨울
새싹이 돋고
물오른 가지를 뻗고
노란 잎사귀를 털어내며
하얀 씨앗을 벗겨내던 천 년의 사계

하루하루가 천 년인 것처럼
묵묵히 살아온 반계리 은행나무

봄여름가을겨울
하루하루가 천 년의 삶이듯이
먼저 천 년의 세월이 다가와
반계리 은행나무를 반겼습니다.

칼싸움

아빠와 아들이 보물섬에서
호흡소리에 맞추어 칼싸움을 벌였습니다.

아빠는 애꾸 눈 해적 대왕
아들은 정의의 불사조 기사단
전쟁놀이는 둘이 뛰놀던 칼싸움에 묻혀
육지와 섬과 시간을 뛰어넘고

몸뚱이의 삼분의 일도 안 되는
아들의 무딘 칼날은
수차례 주고받던 교전 속에서도
매번 아빠의 항복 선언을 받아내고

아들의 턱없이 모자란 칼끝이
휙휙 바람을 가르기만 해도
무릎을 꿇고 쓰러지던 해적 대왕
칼날이 심장 깊숙이 찌른 것처럼 드러눕고

변변히 아빠의 뒤를 쫓고 쫓으며
곳곳에서 환호성을 지르던
백전백승百戰百勝의 칼솜씨는
바다이든 육지이든
고지대이든 저지대이든
온갖 승리의 함성뿐이었습니다.

정의가 반드시 이겨야만 한다는 것을
아빠는 매번 값진 죽음으로 속삭였습니다.

주인과 점원

매일 똑같은 일들이
반복된 일정 속에서도 맴돌듯이
또는 호흡을 이어가는 것과 같이
낮 시간 속으로 파고듭니다.

하루하루 일상생활은
아침부터 살벌한 눈빛에 붙들려 나와
온종일 열 평 남짓의 부동산 가게에서
매매 전세 월세의 거래 현장을 지켜보며
아내의 먹거리를 방해하지 않으려고
묵묵히 저린 젓갈처럼
멀뚱거리며 삭혀져야만 했습니다.

아내는
가끔 동종업계의 다급한 연락을 받고
숨 가쁘게 앞문을 박차고 나가며
가게 앞 아파트단지를 제 집처럼 들락거리고
신바람이 난 듯이 흥얼거렸습니다.

하지만
나는 너르고 광활한 시간을 때우기 위해
죄 없는 노트북 자판을 힘껏 두드리거나
인터넷 사이트를 멍하니 떠돌다가도

대단한 일을 하는 것도 아닌데
일상생활을 각색하며
가게 주인이라도 된 듯이 하루를 보냈습니다.

그리고
아내가 부동산 가게 문을 열고
이곳저곳 주변 아파트들 사이로
빠른 발걸음을 채우고 다니면
저녁 식탁 위에 진하게 우려 난
해맑은 한우국물을 상상했습니다.

어느 덧 나의 일상생활은
아내가 급하게 낯선 연락을 받거나
숨 가쁘게 가게 문을 열고 나가면
풍요로운 저녁 식탁을 상상하며
그녀 몰래 입맛을 다지곤 했습니다.

같은 일들이
나를 휘감고 맴돌듯이
또는 호흡을 이어가는 것과도 같이
오늘도 자투리 시간을 때우며
세월 속으로 묵묵히 저려갔습니다.

혈압 측정

나는 시간이 나던
또는 억지로 시간을 내서라도
힘겹게 걷고 걸어서라도 중앙시장 옆
굴뚝처럼 우뚝 솟은 성지병원을 갔습니다.

그 까닭은
젊어서 멋지게 살고 싶다며
공중전화 박스에서 만취한 체 곤히 잠들고
줄줄이 입담배를 빨대처럼 물어뜯으며
망나니 흡입 모터가 되어
몸 속 깊이 빨아 들였던 폐기물들이
신체 이상징후 현상으로
내 몸을 점령했기 때문입니다.

어릴 때에는 최고 혈압이 90을 넘지 못해
길을 가다가도 낮은 진동수가
그대로 멈추어 버릴까봐 걱정했는데

몇 년 전부터
몇 번씩 쳐다보았던 혈압측정기는
최고 혈압 190 최저 혈압 140이었으며
경계심이 불끈 솟아올랐습니다.

심장부터 모세혈관까지
함께 발을 맞추어
혈관을 돌고 돌아야만 할
붉은 핏덩이들이 요란스러웠습니다.

다행이도 지금은
팔뚝 수갑을 찬 혈압측정기의 계기판은
최고 혈압은 135였고
최저 혈압은 90이었습니다.

아직도 들쭉날쭉 거리기는 하지만
제 자리를 찾아가는 맥박수가
대견스럽기도 하고
불안스럽기도 한 중간지대였습니다.

시간이 지나갈수록
뜨겁지도 차갑지도 않은 내 혈압은
정치권의 중도보수를 닮아 가는지
지난날 온갖 유세를 떨며
술과 담배에 젖어 살았던 어긋난 내 모습은
전혀 입 밖에도 내지 않았습니다.

건강검진 받는 날

나이를 먹은 가게 주인들이
젊은 사람들보다 더 많은 시절이라고 해도
나이를 먹고 반세기를 살다보면
이곳저곳 기능을 잃어가던 낡은 몸을 이끌고
성지병원으로 갔습니다.

다행이도 국가에선 쓸 돈이 많은지
2년마다 정기 건강검진을 받게 해주고
건강점수가 만점을 받지는 못해도
불안감에서 벗어날 수 있는
최소 기준이상을 기대했습니다.

접수부터 기본검사실까지 키 높이 몸무게 혈압을 재고
영상촬영실 외래체혈실을 돌고 돌며
뼈 속 핏 속까지 모두 검사 받고 나와도
위내시경과 대장내시경은 별도 비용이었습니다

내 몸 하나 잘 지켜내면
건강한 이웃, 건강한 도시, 그리고 건강한 나라가 되는 것을
그때에만 실감했습니다.

노란 신호등

사거리 건널목에는
파랑불과 발강불 사이에서
잠시 나타났다가
금방 사라지던 노란 신호등

크게 별 볼일 없다는 듯이
잠시 잠깐 깜박이다가
빨강 신호등 속으로 급하게 사라졌어도

파랑 신호등과 빨강 신호등이
말할 수 없는 감동적인 인생 메시지

사람이든 차량이든
앞뒤 좌우를 잘 살피며
겸손하게 살아야만 한다는 사거리의 법칙

내 마음에는
공자와 맹자가 떠들어 되던
깊고 심오한 인생 진리보다도
실천적인 교훈 한 줄을 새겨 놓았습니다.

만종역 가는 길

어둠이 내리면
만종행 KTX 고속열차를 탔습니다

때론 서울역에서
때론 청량리에서
때론 상봉역에서
갈 곳을 향해 출발지점을 붙잡았습니다

바싹 약이 오른 인터넷 티케팅으로
시야가 탁 트인 창가를 점령하고
바람을 가르던 고속열차의 진동소리
너무 힘차게 달린 탓인지
가끔 전동장치 이상징후 현상을 일으켰습니다

붉은 꼬마전구가 정지신호를 밝히면
정차역이 아닌 곳에도 잠시 멈추어 서서
거친 호흡소리를 달랬습니다

하지만 불빛들이 군집을 이루고 있는 도시와
어둠만이 짙게 깔린 시골길을 지나갈 때면
똑같은 속도로 달려가도 기분은 사뭇 달랐습니다

어둠을 뚫고 내가 가야만 할 만종역은
빼곡히 줄지어 이동하던
이기심의 서울역과 청량리역과도 사뭇 달랐습니다

텅 빈 공간 에스컬레이터를 타고 오르면
밤하늘을 밝히던 눈부신 별빛들이
작은 발자국 소리에도
수줍게 쏟아지는 곳이었습니다.

당신과 함께

매일 앞만 보며 걷고 싶었습니다.

함께 산 다는 이유만으로
내 생각도
내 감정도
내 행동도
당신만을 온전히 믿고 바라볼 만큼

끊임없이 같은 곳을 바라보며
함께 걸어가고 싶었습니다.

함께 산 다는 이유만으로

내 영혼도

내 의지도

내 육체도

언제나 온전히 믿고 의지할 만큼

끊임없이 당신을 믿고 신뢰하며

모든 인생을 나누고 싶었습니다.

원주시외버스 터미널

사람들은 급하게 길을 오고갔습니다.
바쁘게 세상 속으로 굴러가는 사람들

잊지 못할 약속이 있겠지요.
보고 싶은 이가 있겠지요.
남다른 사연이 있겠지요.

정해진 시간을 타고 몰려오던
하얀 포말과 같은 기억들이
거친 바람 속에서도 갈 곳을 찾아가는 길

매순간 시공의 굴레에 갇혀서
내 눈으로 볼 수 있는 세계만이
삶인 것처럼 생각하며 살아가고 있어도

사람들은 길을 오고갔습니다.
한 번도 가 본 적이 없는 세상 속으로

한 손에는 봇짐을 메고
한 손에는 여행용 가방을 끌며

정해놓은 약속이 없어도
가슴 저린 사연이 없어도
눈물겨운 그리움이 없어도

길 위에서 흘러가다가
이슬처럼
사라지던 시공간 속의 생애

나그네인 줄도 모르고
영원히 살 것처럼
무조건 걷고
또 걸어야만 했던 그 길
오늘도 덩그러니 눈앞에 펼쳐졌습니다.

놀이터

온통 아이들은 마음을 풀어놓고
눈부시게 놀았습니다.

하늘 색 청초롬한 빛깔들이
봄바람을 타고 마음껏 뛰어놀던 보물섬

아직 물이 오르지 않은 곳에서도
떼를 지어 떠들고 놀던 꼬맹이들

까르르 웃던 꽃밥마냥
나팔꽃 싱그러움을 터뜨렸습니다.

이렇게 따사로운 오후의 햇살
하늘에는 엷게 퍼진
흰 파고 모양의 하얀 포말들이
한 줄로 만국기가 되어 손을 흔들고

화사한 햇살 속으로 온 몸을 담그면
은은히 나른해 지며
살그머니 결박이 풀리던 대지의 숨결

하늘과 땅을 감싸 안던 온기들이
따뜻한 체온을 불어넣으며
가냘 퍼도 강인했던 초록빛 새싹들을
계절보다 앞서 키워냈습니다.

나도 새초롬한 봄이 그리워
겨울이 지나가기 전에
잠시 봄바람이 불어왔을 뿐인데도
온통 넋을 놓고 뛰어 놀았습니다.

따사로운 봄날은
대지 위에 보물섬을 만들어 놓았습니다.

그 할매들

봄비를 맞으며 꽃 분홍 우산을 쓰고
나란히 길을 지나가던 할매들 셋이
부동산 창가에 붙여놓은
매물딱지들을 눈여겨보았습니다.

눈치 빠른 아내는
대뜸 하는 말이 그 할매들이라며
아침나절부터 몇몇 부동산 업자들이
여기저기 봄비를 맞으며
집집마다 짱을 쳤던 기억을 떠올렸습니다.

앙팡지게 가게 문을 열고
불쑥 들어 올까봐
나 보고도 못 본척하라며
속삭이듯 곁눈질 하던 아내

가게 밖에 서 있던 그 할매들 셋이
매물딱지의 빈 틈사이로
두 눈이 나와 마주치던 순간

나는 켜놓지도 않은 핸드폰을 손에 들고
다른 곳에 마음을 빼앗긴 듯이
못 본 척 생채기 짓을 했습니다.

봄비가 멈추고 나면
길가에 떨어진 매화꽃잎들도
한동안 냉기를 품은 봄비를 탓하며
따뜻한 봄바람이 불어와도 못 본 척 할 것입니다.

내가 그랬던 것처럼

더러는

더러는 중국산 우한 코로나 19가 난동을 부려도
마스크를 쓴 명륜동 파리바게뜨의 빵들은
눈부신 향기를 품고 익어갔습니다.

케익 전시대에서
쥬스 냉장고에서
갓 구운 빵틀에서

더러는 출입구 방울소리에 귀를 기울이며
스스로 말문을 닫은 묵언스님들처럼
누가 더 빨리 사람들의 눈길을 사로잡으며
삶의 입맛을 다지게 할 것인지

더러는 옹기종기 모여앉아 내기라도 하듯이
갖가지 요란한 초콜릿과
가느다란 막대과자를 한 몸으로 묶어 놓고
빼빼로 데이의 혼비백산한 날이어도

더러는 봄여름가을겨울
곁가지 행사들이 요란을 떨어도
서로 눈빛을 주고받았던 손님에게만
유달리 관심이 있었습니다.

마스크를 쓴 빵들은
말없이 침묵을 이어갔습니다.

세상 사람들도
마스크를 쓴 침묵의 바다인가 봅니다.

원주 댄싱카니발

원주가 몇 일째 체면치레도 없이
자제심을 잃고
여기저기 정신 줄을 놓아버렸습니다.

따뚜 공연장에는
동남아 필리핀의 불새들도
원주시 소초면의 소 떼들도
인근 군부대의 태권보이들도

모두들 잘난 몸매 자랑을 위해
온몸을 뒤흔들었습니다.

화려하고 날렵한 퍼포먼스
북소리에 신명난 시민들의 환호
춤사위가 넘실되던 댄서들의 거리 행렬

지축을 뒤흔들던 북소리에
여기저기 심한 경련을 떨었습니다.

힘껏 땅을 박차고
하늘 높이 솟아오르던 하얀 물결들
집단 군무는 깃발을 펄럭이며
깊은 감동을 새겨놓았습니다.

모두들 넋을 놓은 체
하나가 된 원주 댄싱카니발

하늘 높이 떠 있던 태양도 구름도
잠시 원주에 머물며 신바람이 났는지
제 집으로 돌아가지도 못하고
매일매일 흥겹게 박수치던 날들이
며칠째 이어졌습니다.

닮은 꼴

나는 어둠 속으로 사라질 때에
붉게 물든 얼굴은 석양 밖에 없는 줄 알았습니다.

솟는 해처럼
눈부시게 빛나던 시절도 있었지만

무심코 쳐다만 보아도
금방 산 너머로 숨어버리는 통에
부끄러움이 많아서 홍조 빛 얼굴인 줄만 알았습니다.

붉은 내 얼굴처럼

둥근 고을에서 산 하루

A DAY LIVED IN ROUND VILLAGE

김장기 지음

초판인쇄 2021년 11월 30일

발행인 김장기

디자인 송동욱(디자인하다)

발행처 도서출판 생각풀이

주 소 원주시 늘품로 120 @ 102-304

대표전화 010-7145-5308

팩 스 033-766-4985

출판등록 2021년 3월 31일 제419-2021-000013호

이메일 k6810@hanmail.net

ISBN

※잘못 만들어진 책은 바꾸어 드립니다.

※출판하고 싶은 원고가 있으면 k6810@hanmail.net으로 보내주십시오.
당신의 원고가 소중한 책으로 출판되는 기쁨을 함께 누리고 싶습니다.